JFR

Meddaugh. L'arbre aux oiseaux

'X'

D0733002

Date Due

JUL 27 '94			
SEP 20 '94			
MAY 31 '95			
JUL 12 '95			
AUG 0 4 '95			
APR 09 '96			
DEC 16 '96			

BRODART, INC.   Cat. No. 23 233   Printed in U.S.A.

derriere
$7.95

june/94

W. B. LEWIS PUBLIC LIBRARY

3 4244 00010574 6

Susan Meddaugh

L'arbre
aux oiseaux

Traduit de l'américain
par Jean-Baptiste Médina

POCKET

W.B. LEWIS PUBLIC LIBRARY

Titre original : *Tree of Birds*

Publié aux États-Unis par Houghton Mifflin
Company (Boston) pour la première édition, en 1990.

Pour Poppa
et la petite fille
aux oiseaux

Susan Meddaugh vit à Sherborn, dans le
Massachusetts (États-Unis). Après avoir été
directrice artistique du département "Jeunesse" d'un grand éditeur, elle écrit et illustre
aujourd'hui des livres pour les jeunes.
Ses livres remportent un succès considéra-
ble auprès des enfants, et on le comprend
car c'est un plaisir sans cesse renouvelé de
découvrir l'imagination, la tendresse et l'hu-
mour toujours présents dans chacune de
ses créations.

Loi n° 49-956 du 16 juillet 1949
sur les publications destinées à la jeunesse : janvier 1994.

© 1989, Tony Maddox pour le texte.
© 1989, Tony Maddox pour les illustrations.
© 1994, éditions Pocket pour l'édition
au format de poche.

ISBN 2-266-05785-5

Imprimé en France par Pollina
85400 Luçon - n° 64205 - B
Dépôt légal : janvier 1994

Denis ne vit pas la voiture
heurter l'oiseau. Il entendit
comme un choc sourd, et,
quand il se retourna, l'oiseau
était par terre. Il vivait encore,
mais il avait l'aile en piteux
état. C'est pourquoi Denis le
ramassa et l'emporta chez lui.

– Maman, viens voir ! cria Denis.
– Oh mon Dieu !
s'exclama sa mère.
– Il s'appelle Ignace,
lui dit Denis.

Denis prit soin d'Ignace. Il lui mit
un pansement autour de l'aile
afin que celle-ci guérisse.
Il lui acheta de la nourriture
chez le marchand d'animaux.

À la bibliothèque, il emprunta
des livres sur les oiseaux.
– Tu es un verdurin tropical à
aigrette, dit-il à Ignace. Tu le
savais? Tu devrais être très loin
dans le Sud à cette époque de
l'année. Le froid pourrait te
tuer!

Les jours passèrent, et l'aile
d'Ignace guérit rapidement.
Mais Ignace restait toujours
devant la fenêtre, à regarder
tomber les feuilles d'un air triste.

W.B. LEWIS PUBLIC LIBRARY

7

– Ignace ne mange pas beaucoup, observa la mère de Denis.
– Peut-être qu'il est fatigué des vers de terre, répondit Denis.
Peut-être qu'il voudrait des mouches, pour changer.

– Peut-être qu'il se sent seul,
dit sa mère.
Ignace est un oiseau sauvage,
poursuivit-elle.
Tu ne pourras pas le garder
éternellement, tu sais.
Il a besoin de ses amis.

– Je suis son ami,
affirma Denis.

Le lendemain, Denis eut
l'impression étrange qu'on le
suivait. Mais chaque fois qu'il se
retournait, il n'y avait personne.

10

L'après-midi, il remarqua par la fenêtre quelque chose d'inhabituel. Alors que tous les arbres perdaient leurs feuilles, il y en avait un qui devenait de plus en plus vert. D'un beau vert tropical. Denis sortit voir ça de plus près.

Quand il s'approcha de l'arbre,
il découvrit qu'il n'était pas
couvert de feuilles.
C'était un arbre plein d'oiseaux
— des verdurins tropicaux
à aigrette, exactement
comme Ignace.

13

Tous ces oiseaux
mirent Denis mal à l'aise,
et il rentra à la maison.

Le lendemain matin,
les oiseaux suivirent Denis
sur le chemin de l'école.

Ils l'attendirent dehors
toute la journée,

et quand l'école fut finie,
ils le suivirent de nouveau
jusque chez lui.

Chaque nuit, les oiseaux se
perchaient dans l'arbre,
devant la fenêtre de Denis.
Chaque jour, ils le suivaient
partout où il allait.
Denis savait ce qu'ils voulaient.
– Vous n'aurez pas Ignace,
leur dit-il.

Le temps fraîchit. Les oiseaux restaient là. Rien ne semblait pouvoir les convaincre de s'envoler vers le Sud.

Ni le vent.

Ni la pluie.

Ni Denis. Pourtant, il essaya.

D'abord, il s'efforça de les
raisonner.
– Ignace est mon oiseau, leur
expliqua-t-il. Je m'en occupe
bien. Vous pouvez tous partir,
maintenant.
Les oiseaux n'allèrent nulle part.

W.B. LEWIS PUBLIC LIBRARY

Denis tenta de faire peur
aux oiseaux.

Les oiseaux ne tombèrent
pas dans le piège.

Denis les supplia.
– L'hiver approche. Vous devez voler vers le Sud avant qu'il ne soit trop tard. Vous ne survivrez pas à la première chute de neige !
Les oiseaux ne voulaient toujours pas partir.
Il faisait de plus en plus froid.

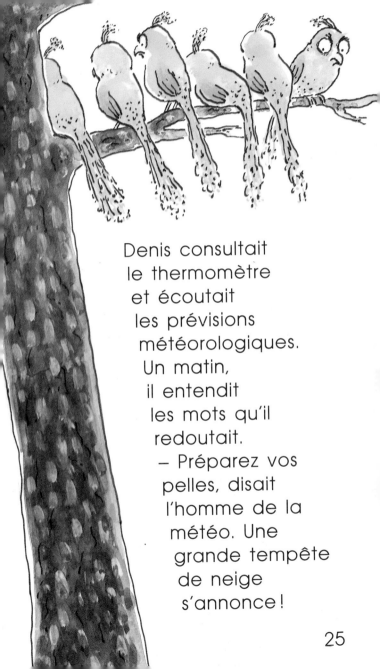

Denis consultait
le thermomètre
et écoutait
les prévisions
météorologiques.
Un matin,
il entendit
les mots qu'il
redoutait.
— Préparez vos
pelles, disait
l'homme de la
météo. Une
grande tempête
de neige
s'annonce !

25

Denis se précipita dehors.
Le ciel était tout gris.
La température avait chuté.
Et les verdurins tropicaux
à aigrette étaient en train
de virer au bleu.

– C'est votre dernière chance!
hurla Denis à l'arbre aux
oiseaux. Allez-vous-en avant
qu'il ne se mette à neiger!
Il menaça les oiseaux
d'un bâton.
Il leur jeta
une pierre.

Aucun oiseau
ne bougea.

– BANDE D'ABRUTIS! brailla-t-il.
Si vous mourez tous gelés,
ne venez pas me le reprocher!

Denis retourna dans sa
chambre, le cœur lourd.
Il vit Ignace qui regardait
l'arbre aux oiseaux.
– Oh, Ignace, dit Denis,
tes amis te manquent
donc tellement ?

À ce moment-là, un premier
flocon de neige tomba.

Denis savait ce
qu'il lui restait à faire.
Il ouvrit la fenêtre...

W.B. LEWIS PUBLIC LIBRARY